꼬마 용 룸피룸피

잠자는 숲 속의 용을 구하라!

SEOUL, 2014

– 어떤 주사든 겁내지 않는
진짜 진짜 멋진 친구 텔라에게

꼬마 용 룸피룸피 잠자는 숲 속의 용을 구하라!

초판 제1쇄 발행일 2014년 10월 30일
초판 제16쇄 발행일 2022년 3월 20일
글 실비아 론칼리아 그림 로베르토 루치아니 옮김 이현경
발행인 박헌용, 윤호권 발행처 (주)시공사
주소 서울시 성동구 상원1길 22, 6-8층 (우편번호 04779)
대표전화 02-3486-6877 팩스(주문) 02-585-1247
홈페이지 www.sigongsa.com/www.sigongjunior.com

LUMPI LUMPI IL MIO AMICO DRAGO
LA TERRIBILE PUNTURA
Text by Silvia Roncaglia Illustrated by Roberto Luciani
Copyright ⓒ Edizioni EL S.r.l., Trieste Italy, 2011
All rights reserved.
Korean translation copyright ⓒ Sigongsa Co., Ltd., 2014
This Korean edition was published by arrangement with
Edizioni EL through Young Agency, Seoul.

이 책의 한국어판 저작권은 영 에이전시를 통해
Edizioni EL사와 독점 계약한 (주)시공사에 있습니다. 저작권법에 의해
한국 내에서 보호받는 저작물이므로 무단 전재와 무단 복제를 금합니다.

ISBN 978-89-527-8616-6 74880
ISBN 978-89-527-5579-7 (세트)

*시공사는 시공간을 넘는 무한한 콘텐츠 세상을 만듭니다.
*시공사는 더 나은 내일을 함께 만들 여러분의 소중한 의견을 기다립니다.
*잘못 만들어진 책은 구입하신 곳에서 바꾸어 드립니다.

KC마크는 이 제품이 공통안전기준에 적합하였음을 의미합니다.
제조국 : 대한민국 사용 연령 : 8세 이상
책장에 손이 베이지 않게, 모서리에 다치지 않게 주의하세요.

꼬마 용 룸피룸피

실비아 론칼리아 글
로베르토 루치아니 그림
이현경 옮김

잠자는 숲 속의 용을 구하라!

시공주니어

신분증

이름 룹피룸피
별명 개인용 용
종류 상상 친구
사는 곳 잠피의 방

국적 환상 세계

색깔

특징

→ 차가운 불을 뿜는다.
→ 도넛 모양 콧김을 뿜는다.

○ 행복할 때   ○ 겁이 날 때
○ 기분이 나쁠 때   ○ 즐거울 때
○ 슬플 때   ○ 화났을 때

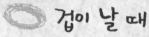

그날 밤 잠피는 쉽게 잠을 이루지 못했다.
침대에서 이리저리 뒤척이며 다음 날에 대해
생각하고 있었다. 무시무시한 일이 잠피를 기다리고
있기 때문이다. 바로 예방 주사를 맞는 것이다.
엄마는 잠피를 안심시키려고 애썼다.

"주사를 맞는 줄도 모르게 놓을 거야, 잠피.
엄마가 약속해. 엄마 말 믿어. 살짝 꼬집는
것보다도 안 아플걸!"

"첫째, 저는 꼬집는 것도 너무 싫어요. 둘째,
주삿바늘은 꼬집는 것보다 훨씬, 훨씬 더
아파요. 전 주사 맞기 싫어요,
무서워요!"

잠피가 훌쩍거렸다.

"대체 뭐가 무서운 거니?"

아빠가 끼어들었다.

"개인용 용을 친구로 둔 어린이라면 무서운
게 없을 텐데!"

정말 그랬다. 잠피에게는 룸피룸피라는 상상
친구가 있다. 룸피룸피는 어두운 파란색에
지느러미와 꼬리가 있고, 비늘에 덮인 꼬마 용이다.
어느 날 잠피가 아주 간절하게 생각하자 룸피룸피는
정말로 잠피의 눈앞에 나타났다. 그리고 잠피와 함께
멋진 모험을 했다.

굉장히 위험할 때도 종종 있었다. 하지만 아빠 말이 맞다. 잠피와 룸피룸피는 한번은 험상궂은 수비대를 피해 도망치고, 또 한번은 소름 끼치는 마녀의 손에서 빠져나왔다. 둘은 함께 여러 가지 모험을 했고, 한 번도 겪어 보지 못한 위험에 맞닥뜨렸다. 그래도……. 잠피는 주삿바늘과 주사기가 무서웠다. 예방 주사를 맞는다는 생각만 해도 두려웠다.

잠피는 주사를 맞지 않게 해 달라고 부탁했다. 아니, 기도하고 애원하고 발을 구르고 훌쩍훌쩍 울었다.

하지만 엄마 아빠는 '의무'라는 어쩔 수 없는 말로
대화를 끝내 버렸다. 예방 주사 맞기는 의무다. 그건
누구나 꼭 맞아야 한다는 뜻이다. 다음 날 학교에
가면 잠피는 팔에 주사('겨우 주사 한 방'이라고
엄마는 말했다.)를 맞아야 할 것이다.

주사를 안 맞을 방법은 없을까?

 '룸피룸피와 도망가서 내일 학교에 결석하는
거야!'

잠피가 이렇게 생각하자마자 침대 옆 양탄자에

어두운 파란색 꼬마 용이 진짜 나타났다.

룸피룸피가 코에서 작은 불길과 반짝이는 불꽃을
사방으로 뿜어내며 물었다.

 "나 불렀어?"

잠피가 대답했다.

 "그래, 네 생각을 했어!"

상상 친구를 떠올리는 것은 이름을 부르는 것과
똑같다. 그래서 잠피가 생각하자마자 룸피룸피가
나타난 것이다.

언제나 잠피를 기쁘게 해 줄 준비가 되어 있는
룸피룸피가 물었다.

 "새로운 모험을 떠나고 싶니?"

 "도망치고 싶어!"

룸피룸피가 당황해서 말했다.

 "보통 우리는 모험이 끝날 때 도망치지
않았어? 시작할 때가 아니라!"

룸피룸피와 잠피는 함께 모험을 할 때마다 어렵고
위험한 상황에 빠졌다. 그래서 룸피룸피는 모험이
끝날 무렵, 달아나기 위해서 재빨리 하늘로
날아오르는 데에 익숙했다.

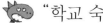 "아, 이번에는 처음부터 도망치자고. 내가
맹세하는데, 무슨 일이 일어나도 집으로, 특히
학교로는 돌아오고 싶지 않을 거야!"

아주 눈치가 빠른 꼬마 용이 물었다.

 "학교 숙제나 시험 때문에?"

"그것보다 훨씬 더 나쁜 일이야! 예방 주사를 맞아야 한대!"

태어나서 처음 듣는 말에 룸피룸피가 물었다.

"그게 뭔데?"

"병에 걸리지 말라고 너무너무 아픈 주사를 놓는 거야!"

"너희 인간들은 참 이상해. 병에 걸리지 말라고 아프게 하다니!"

잠피가 맞장구쳤다.

 "나도 너하고 똑같은 생각이야!"

잠피가 비늘이 딱딱하고 거칠어서 앉기 불편한
꼬마 용의 등에 부드러운 베개를 묶었다. 그런 다음
그 위에 올라타 명령했다.

 "그래서 도망쳐야 해. 자, 빨리, 날아가자!"

룸피룸피는 잠피가 말한 대로 곧장 어두운
밤하늘로 날아올랐다. 그리고 날갯짓을 하며 물었다.

 "어디로 가지, 대장?"

무서운 예방 주사에서 되도록 멀리 떨어지고 싶은
잠피가 말했다.

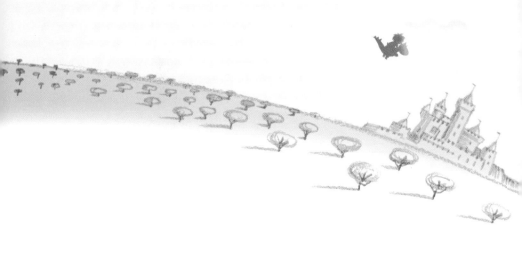

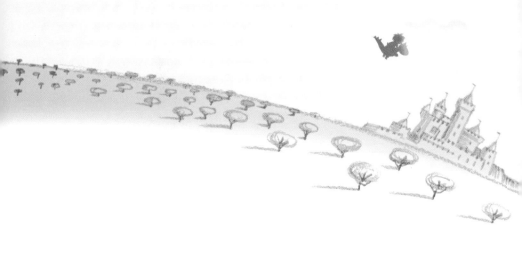 "멀리, 네가 갈 수 있는 가장 먼 곳까지!"

잠피와 룸피룸피는 어둠 속에서 한참 동안 날았다.
넓은 들판과 산, 마을과 도시 위를 지났다. 그러다가
갑자기 룸피룸피가 말했다.

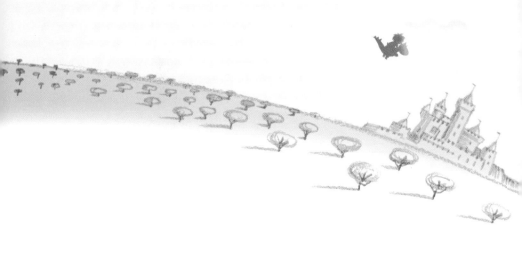 "우린 아주 멀리 날아왔어. 너무 먼 과거로
왔을까 봐 겁난다."

룸피룸피가 하늘을 나는 동안, 부드럽게 흔들리는
룸피룸피의 등에서 깜빡 잠들었던 잠피가 다시
깨어나 중얼거렸다.

 "뭐라고? 우리 지금 어디 있는데?"

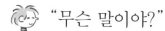 "예전에 네가 보여 줬던 영화에 나오는
시대에 있는 것 같아. 있잖아, 기사들이 살고
결투도 있던 시대 말이야. 중시!"
아직 잠이 덜 깬 잠피가 중얼거렸다.
"무슨 말이야?"
"그 영화 속 시대가 중시잖아."
"아, 중세 말이지!"
마침내 룸피룸피의 말을 알아들은 잠피가 물었다.
"왜 중세라고 생각했어?"
잠피는 아래를 내려다보았다.
저 멀리 말을 타고 숲을 가로질러 달려가는 왕자가
보였다. 탑들이 뾰족뾰족 솟은 성도 보였다. 아마도
왕자가 살고 있는 성인 것 같았다.
"멋져. 빨리 밑으로 내려가 보자! 나는 숲과
성이 있고, 왕자가 나오고, 결투도 벌어지는 멋진
모험을 항상 꿈꿔 왔어."

"결투? 정말이야? 봐, 저 검은 꼭 주삿바늘

같아. 게다가 아주 크잖아!"

 "그 말 하지 마!"

 "검이라는 말?"

 "아니, 주삿바늘!"

룸피룸피가 한숨을 쉬었다.

 "너희 인간들은 정말 이상하다."

그렇지만 룸피룸피는 잠피가 바라는 대로 조금씩 땅으로 내려갔다.

꼬마 용이 하늘에서 내려오는 모습이 눈에 띄지 않을 리가 없었다. 왕자가 눈을 들어 꼬마 용을 보았다. 그리고 겁에 질린 채, 말의 배를 힘껏 차서 재빨리 달아났다.

잠피가 몹시 실망해서 물었다.

"왕자라면 용에 맞서 싸워야 하는 거 아닌가?"

"다행히, 그런 왕자는 네가 읽은 동화 속에나 나오는 거야!"

룸피룸피가 화를 내며 덧붙였다.

"이곳 왕자는 고맙게도 용을 무서워하네! 네 말은, 내가 땅에 내려오자마자 공격당했어야 한다는 거구나! 너 참 굉장한 친구다!"

꼬마 용은 곧 회색 콧김을 내뿜기 시작했다.

분명히 아주 기분이 나쁘다는 신호였다.

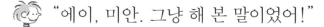 "에이, 미안. 그냥 해 본 말이었어!"

그렇게 말하면서 잠피가 룸피룸피의
턱 밑을 긁어 주었다.

용 전문가라면 누구나 알겠지만, 이렇게 하면
용들은 차분해지고 기분이 아주 좋아진다.

룸피룸피는 더는 회색 콧김을 내뿜지 않았지만
여전히 투덜거렸다.

"정말이지 바보 같은 소리야! 만약 저 왕자가
동화에 나오는 그 왕자였다면 당장 날 죽이려고
했을걸?"

"야, 너 진짜 진짜 겁쟁이구나!"

"넌 약점도 없고, 주사 같은 건 조금도
안 무서워하는 무지무지 용감한 영웅이니까…….
네가 그렇게 말한다면 네 말이 맞겠지!"

그렇게 말하고 룸피룸피가 웃음을 터뜨렸다.
그러자 늘 그러는 것처럼 날카로운 종소리가 났다.
용들만 내는 특유의 웃음소리다. 이제 룸피룸피의
코에서는 도넛 모양의 오렌지색 콧김이 나오고
있었다. 룸피룸피가 무척 즐겁다는 뜻이다.

하지만 잠피가 용이었다면 지금쯤 도넛 모양의
회색 콧김을 펑펑 내뿜었을 것이다. 잠피는 기분이
나빴지만 룸피룸피에게 뭐라고 대꾸할 말이 없었다.
룸피룸피의 말이 주삿바늘보다 더 세게 잠피의 아픈
곳을 찔렀기 때문이다!

잠피는 말을 돌렸다.

 "아, 룸피룸피, 오늘이 무슨 날이지?"

 "주사 맞기 전날이지!"

꼬마 용이 계속 낄낄거렸다. 장난이 너무
심해지자, 잠피가 짜증스러운 목소리로 투덜거렸다.

 "그래, 좋아. 네가 계속 그러면 너한테 절대
선물 안 줄 거야!"

용들은 선물받는 걸 좋아한다. 용들에게
'선물'이라는 말은 기분이 좋아지는 주문 같은 것이다.

룸피룸피가 갑자기 웃음을 멈추더니 눈을 반짝이며
물었다.

 "선물? 왜 나한테 선물을 주려고 했는데?"

 "오늘이 네 생일이라는 게 생각나서."

 "생일이라고? 내가 태어난 날이라는 거야?"

 "그래, 내 머릿속에서 태어난 날이지. 오늘은
내가 처음으로 너를 상상해 낸 기념일이야."

 "그럼 상상 속 생일일 뿐인 거 아니야?"

꼬마 용이 시무룩해졌다.

 "무슨 소리야! 너는 진짜로 내 눈앞에

나타났잖아. 친구야, 이제 정말 생일 파티를 할 수
있어!"

잠피가 말을 마치자마자 푸드득 날갯짓 소리가
들렸다. 잠피가 재빨리 눈을 들자, 새까만 까마귀
한 마리가 보였다. 꼭 사악하고 교활한 사람 같은
눈을 가진 까마귀였다.

까마귀는 큰 소리로 까악까악 울며 멀리 날아가
버렸는데, 그 울음소리마저도 잔인한 사람의
웃음소리 같았다. 잠피는 몸이 떨렸다.
   하지만 룸피룸피는 생일에 대한 생각에 빠져
있어서 까마귀에게는 신경도 쓰지 않았다.

룸피룸피는 앞발로 박수를 치며 행복하게 외쳤다.

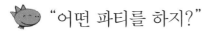 "어떤 파티를 하지?"

"성안에서 파티를 열면 어떨까?"

잠피가 꼬마 용에게 자기 계획을 설명했다.

"넌 이 숲에 숨어서 기다려. 너를 보자마자
왕자가 겁에 질려 어떻게 하는지 아까 봤잖아.
내가 성으로 가서 왕자에게 네가 착한 용이라고
말할게. 아무 해도 끼치지 않고 차가운 불만
뿜는다고 말이야."

룸피룸피를 차가운 불을 내뿜는 용으로 상상한
사람은 바로 잠피다. 그러면 룸피룸피와 함께 놀 때
불에 델 걱정을 하지 않아도 될 테니까. 잠피는 그
특징 덕분에 룸피룸피가 성에 초대받을 수 있을
거라고 굳게 믿었다.

잠피는 왕자를 설득할 생각이었다. 룸피룸피는
아무 해를 끼치지 않을 테지만 사람들은 용의

겉모습만 보고도 겁을 먹을 것이다.
그러니까 룸피룸피가 왕자의 성에 있다는
사실을 적들이 알게 된다면 그들은 성을
공격하지 않을 테고, 성은 아주 안전해질
것이라고.

　룸피룸피는 잠피의 계획에 찬성했다.
그래서 아름드리 떡갈나무 밑에 앉아
이렇게 말했다.

　　"그럼 난 여기서 기다릴게. 빨리
와. 그리고 왕자에게 내 생일 케이크랑,
거기에 꽂을 초들을 준비하라고 해."

"초는 하나면 돼! 내가 너를 상상한 지 겨우 일 년밖에 안 됐거든."

잠피가 룸피룸피의 말을 바로잡아 주며 덧붙였다.

"맛있는 블루베리 케이크를 준비하라고 할게!"

기분이 좋아진 룸피룸피는 분홍색 콧김을 내뿜으며 입맛을 다셨다. 모든 용은, 특히 룸피룸피 같은 파란 용은 아주 크고 희귀한 블루베리를 진짜 좋아한다.

잠피는 룸피룸피에게 인사하고 혼자서 성을 향해 걸었다. 뜨거운 태양 아래에서 몇 시간을 걷자, 꼬마 용의 등에 타고 편안하고 빠르게 여행하던 때가 그리워지기 시작했다. 잠피는 어느새 그런 여행에 익숙해져 있었다.

잠피는 걷고 또 걸어 마침내 성문 앞에 도착했다. 그런데 안타깝게도 성과 바깥을 연결하는 다리가

위로 올려진 채 성문은 닫혀 있었다. 그리고
성벽에는 수많은 병사들이 무기를 들고 서 있었다.
성은 아주 오랫동안 공격을 받아도 버틸 수 있을
만큼 단단히 준비된 것 같았다.

잠피를 보자 병사 한 명이 소리쳤다.

 "어린아이다!"

꼭 장군 같아 보이는 남자가 외쳤다.

 "빨리 문을 열어 줘라! 용에게 잡아먹히기
전에 아이를 성안으로 들어오게 하고, 빨리
다리를 올려 문을 닫도록 하라!"

잠피는 룸피룸피를 보고 겁먹은 왕자가 용이
공격해 올까 봐 두려워서 성을 튼튼히 지키라는
명령을 내렸다는 사실을 깨달았다.

하지만 그들은 어린아이를 두려워하지 않았다.
두려워하기는커녕 용에게 잡아먹힐지도 모른다고
생각했다. 그 무서운 용이 어린아이의 개인용 용일

26

거라고는 상상도 하지 못했다. 그래서 잠피는
성안으로 들어갈 수 있었다. 성을 지키는 병사들은
잠피가 이곳 사람이 아니라는 사실을 알고,
왕자에게로 데려갔다.

이상하게도 왕자는 잠피가 얼마 전 만화 영화
〈잠자는 숲 속의 공주〉에서 본 왕자와 아주
비슷했다.

 "안녕."

왕자가 말했다.

 "나는 필립포 필리베르토 왕자야. 그냥
필-필이라고 불러도 돼."

 "안녕하세요, 왕자님! 저는 잔 피에로예요.
그냥 잠피라고 부르셔도 돼요."

 "넌 어디에서 왔어?"

 "아주아주 먼 곳에서요!"

 "길을 잃었나 보구나? 지금 같은 때에

이 지역을 혼자서 돌아다니면 안 돼. 너처럼
힘없는 어린아이라면 더더욱. 아주 무시무시한
용이 발견됐거든!"

"저는 길을 잃은 게 아니에요. 혹시 길을
잃었다고 해도 제가 온 곳으로 돌아갈 생각은 전혀
없어요. 저는 용보다는 주삿바늘이 훨씬 더
무섭거든요!"

잠피가 이렇게 설명한 뒤 다시 말했다.

"제가 여기 온 건 룸피룸피 이야기를 하기 위해서예요."

그 말을 듣자 필-필 왕자의 얼굴이 하얗게 변했다. 왕자는 몹시 흥분한 채 자리에서 벌떡 일어나 중얼거렸다.

"룸피룸피가 무시무시한 주삿바늘에 희생되었단 말이야? 룸피룸피의 생일까지는 아직 시간이 있을 텐데!"

"룸피룸피의 생일은 바로 오늘이에요!"

잠피가 자신 있게 대답했다. 룸피룸피가 태어난 날을 잠피가 모르면 대체 누가 알까?

"그럴 리가 없어! 아직 열흘이나 남았어. 그렇게 중요한 날을 내가 잘못 알고 있을 리가 없다고. 여봐라, 빨리 달력을 가져와라!"

필-필 왕자가 당황하고 절망에 빠진 듯한 목소리로 소리쳤다.

"그러니까 너는 내가 사랑하는 룸피룸피
양이 주삿바늘에 찔려 죽었다는 소식을 전하러 온
거냐? 오, 네가 용보다 주삿바늘을 더 무서워하는
건 정말 옳은 일이다, 지혜로운 소년아!"

잠피는 왕자의 말이 맞다고 생각했고, 아주
행복했다.

잠피가 뭔가를 무서워하는 것을 지혜롭다고

말해 주는 사람을 만나다니! 더구나 그 사람은
왕자다! 잠피가 굉장히 좋아하는 짝꿍 카를로타는
겁이 많은 잠피에게 비겁하다고 말했다. 어떻게 그럴
수 있는지 모르지만, 카를로타는 예방 주사를 조금도
겁내지 않았다. 심지어 잠피가 투덜대지 않고
용감하게 주사를 맞으면, 뺨에 뽀뽀해 주겠다고
약속까지 했다.

'카를로타는 조심성이 없고 난 지혜로워!'
잠피는 흐뭇해하며 생각했다.

 '그렇지만 이 왕자는 너무 심한 겁쟁이야.
나도 주사 때문에 죽을 수 있다고는 생각하지
않는데.'

그러다가 문득 필-필 왕자가 끔찍한 말을 했다는
것을 알아차렸다.

룸피룸피가 죽었다고?

아니다. 왕자는 룸피룸피 '양'이 죽었다고 했다.
잠피는 룸피룸피가 남자라는 걸 의심해 본 적이
없었다. 룸피룸피가 여자인지, 남자인지 한 번도
생각해 본 적이 없다는 사실을 이제야 알아차리긴
했지만 말이다.

잠피는 덜컥 겁이 나서 물었다.

"그런데 룸피룸피가 여자인가요?"

"도대체 무슨 소리냐! 당연히 여자지.

룸피룸피는 룸피스라출로 공주다. 나의
약혼녀인…… 아니, 네가 오늘 슬픈 소식을
전했으니 나의 약혼녀였다고 해야겠구나!"
필-필 왕자가 흐느껴 울었다. 잠피는
당황스러웠다.

"왕자님, 미안하지만 오해하신 것 같아요.
룸피룸피는 제 개인용 용이에요. 아까 왕자님이
보신 바로 그 꼬마 용이오. 저랑 룸피룸피가
하늘에서 내려오는 걸 보고 깜짝 놀라셨잖아요.
저는 그 꼬마 용이 제 상상 친구이고, 파리
한 마리도 해치지 않는다는 말씀을 드리려고
여기에 왔어요. ……파리를 깔고 앉지만
않는다면요. 사실 용은 너무 무겁거든요. 어쨌든
불도 차가운 불만 내뿜는 무지무지 착한 용이에요.
그러니까 성안에 들어오게 해도 조금도 위험하지
않아요. 들어오게 해 주시면 정말 멋질 거예요.

오늘이 바로 룸피룸피 생일이니까요. 제가
성안에서 파티를 열고, 블루베리 케이크를 만들어
주겠다고 약속했어요."
이제는 왕자가 당황스러워했다.
"네 용의 이름이 내 약혼녀의 이름과 같다는
거지?"
"제 생각에는 왕자님 약혼녀의 이름이

제 용의 이름과 같은 것 같아요. 왕자님이 기분
나빠하지 않으시면 좋겠는데, 제 생각에
'룸피룸피'라는 이름은 공주에게는 안 어울리는 것
같아요. 만일 제 상상 친구가 공주라면 오로라라고
부를 거예요. 그런데 있잖아요, 공주를 상상
친구로 삼는 건 여자아이들이나 하는 일이라서,
그러니까……."

 "그러니까 룸피룸피 공주가 죽지 않았다는

거지?"

필-필 왕자가 안도의 한숨을 쉬며 잠피의 말을
끊었다.

 "그런 것 같아요. 그런데 왜 그런 걱정을
하시는 거죠?"

그러자 필-필 왕자는 잠피에게 룸피룸피 공주
이야기를 들려주었다. 그 이야기는 이상하게도
〈잠자는 숲 속의 공주〉와 거의 똑같았다. 공주의

이름이 오로라가 아니라 룸피룸피라는 것만 달랐다.

룸피룸피 공주의 아버지도 딸이 태어난 걸
축하하는 파티를 열었다. 그런데 거기에 사악하고
화를 잘 내는 마녀를 초대하는 걸 깜빡했다.
모욕당했다고 느낀 사악한 마녀는 파티가 한창
무르익었을 때 나타나 아기 룸피룸피 공주에게
저주를 내렸다.

"공주가 열여섯 살이 되는 날, 뾰족한 것에
손가락이 찔려 죽게 될 거다!"

잠피는 걱정할 것 없다고, 공주는 그냥 잠들
뿐이고 사랑의 입맞춤으로
깨울 수 있다고 필-필
왕자에게 말해
주려고 했다.

하지만 아무
말도 하지

않기로 했다. 언젠가 아빠가 말했다.

 "동화는 동화야. 현실이랑은 달라!"

잠피는 필-필 왕자에게 헛된 희망을 심어 주지
않는 게 좋을 것 같았다.

그때 룸피룸피 공주가 도착했다는 연락이 왔다.
필-필 왕자는 룸피룸피 공주의 안전을 위해, 생일
열흘 전부터 공주를 자신의 성에 숨길 계획이었다.

왕자가 말했다.

"성안에 있는 물레, 바늘, 핀, 못 그리고
주삿바늘까지 모두 다 없앴어!"

잠피가 맞장구쳤다.

"정말 잘하셨어요!"

이곳은 잠피에게 딱 맞는 완벽한 성이었다. 뾰족한
것들을 피해야 하는 공주에게도 안전한 피신처가 될
것이다.

룸피룸피 공주는 눈부시게 아름답고 아주

친절했다. 잠피의 이야기를 듣고, 공주는 꼬마 용을
위해 블루베리 케이크를 직접 만들어 주겠다고 했다.

"케이크 만들기는 제일 자신 있는 일이야!"
룸피룸피 공주가 자신 있게 말했다.

"내가 케이크를 만드는 동안 두 사람은
나하고 똑같은 이름을 가진 꼬마 용을 데려와요.
빨리 꼬마 용을 만나고 싶어요. 둘이 생일도
비슷하니 함께 축하해요!"

잠피는 모두들 성에서 기다린다는 사실을
룸피룸피에게 알리기 위해 말을 타고 떠났다. 왕자와
기사 몇 명이 직접 호위했다.

하지만 룸피룸피를 두고 온 떡갈나무에 도착해
보니, 꼬마 용은 죽은 것처럼 나무 밑에 누워 있었다.
룸피룸피의 앞발에는 황금과 다이아몬드로 만든
핀이 꽂혀 있었다. 룸피룸피는 숨을 쉬지 않는 것
같았다. 그 옆에는 포장을 푼 선물 상자 하나가 놓여

있었다.

무슨 일이 벌어졌던 것일까?

〈잠자는 숲 속의 공주〉 이야기를 똑똑히 기억하는 잠피는 무슨 일인지 금세 알아차렸다.

아까 잠피를 소름 끼치게 한 까마귀는 사악한 마녀의 부하가 틀림없었다.

자신이 매우 똑똑하다고 믿는 그 까마귀는 룸피룸피의 생일 이야기를 듣고서, 이 꼬마 용이 룸피룸피 공주라고 생각한 것이다. 착한 요정들이 공주를 저주로부터 지키기 위해 용으로 변신시킨 게 분명하다고. 그래서 당장 주인에게 날아가 그 사실을 알렸다. 사악한 마녀는 까마귀에게 생일 선물을 들려 룸피룸피에게

보냈다. 선물은 황금과 다이아몬드로 만든, 치명적인
마법의 핀이었을 테고. 룸피룸피는 그 핀에 찔린 게
틀림없었다.

　룸피룸피는 수레에 실려 성으로 옮겨졌다. 공주는

룸피룸피가 블루베리 케이크 냄새를 맡으면 정신을
차릴지 모른다며 케이크를 코에 갖다 댔다.

하지만 아무 소용이 없었다. 죽은 것 같았다.

잠피는 금방이라도 떨어질 것 같은 눈물을 꾹
참으며 물었다.

"이 나라에 착한 요정들은 없나요?"

공주가 대답했다.

"물론 있지. 나에게 아름다움과 노래를
선물한 요정들이야. 그중 한 요정이 그 저주를
풀지는 못하지만, 죽는 게 아니라 잠드는 것으로
바꿔 놓았어. 그래서 저주에 걸리면 잠에
빠졌다가……."

공주가 하려는 마지막 말을 잠피가 외쳤다.

"사랑의 입맞춤을 받으면 깨어날 수 있죠!"

필-필 왕자가 물었다.

"아, 그래?"

왕자는 아직도 이 이야기에서 자기가 어떤 역할을 맡았는지 모르는 듯했다.

잠피가 공주에게 물었다.

 "그럼 이제 내 룸피룸피를 사랑하는, 입맞춤을 해서 룸피룸피를 깨울 여자 용을 어디에 가면 만날 수 있을까요?"

 "아, 폴리돌리가 있는데."

 "그게 누군데요?"

잠피와 필-필 왕자가 동시에 물었다. 공주가 크고 파란 눈을 내리깔고 수줍게 말했다.

 "내 상상 친구야. 내가 어릴 때 상상한 용인데, 어느 날 정말 열렬하게 생각했더니 지느러미와 비늘이 있는 꼬마 용이 진짜로 내 앞에 나타났어. 폴리돌리는 진분홍색 여자 용이야."

 "용이라고요?"

아무것도 몰랐던 게 분명한 왕자가 물었다.

"그럼 아직 당신과 함께 있나요?"

 "가끔…… 그러니까 내가 생각하면 다시 나타나요."

공주가 얼굴을 살짝 붉히며 대답했다. 잠피가 흥분해서 박수를 치며 말했다.

 "그럼 당장 생각해 보세요!"

그러고는 좀 더 예의 바르게 부탁했다.

"미안합니다, 공주님. 제발 부탁인데 다시
생각해 주시면……."

잠피가 그 말을 다 마치기도 전에 이미
성안 한가운데에 굉장히 사랑스러운 진분홍색
용이 나타났다.

공주가 외쳤다.

"폴리돌리!"

폴리돌리는 죽은 듯이 누워 있는 룸피룸피를
보자마자 작은 하트 모양의 분홍색 콧김을 내뿜었다.
용에 대해 잘 모르는 사람이라도 이 콧김이 사랑의
표시라는 것을 한눈에 알 수 있었을 것이다.

잠피가 부탁할 새도 없이 폴리돌리가
룸피룸피에게 입을 맞췄다. 그러자 룸피룸피가
하품을 하면서 행복하고 만족스러운 표정으로
잠에서 깼다. 곧 룸피룸피도 폴리돌리를 향해 작은
하트 모양의 분홍색 콧김을 내뿜기 시작했다.

    그날 밤 성대한 파티가 열렸다. 룸피룸피와
룸피룸피 공주의 생일, 두 꼬마 용의 약혼, 그리고
룸피룸피 공주가 저주를 피한 것을 축하하는
파티였다. 파티에 초대받은 착한 요정들이 말했다.
    "여러분, 모두 감사해요. 사악한 마녀가
날짜를 잘못 알고 마법을 썼지만 아무 소용이
없었어요. 아마 더는 다른 마법을 쓸 수 없을

겁니다. 룸피룸피

공주는 이제 무사해요!"

파티 내내 필-필 왕자와

룸피룸피 공주는 손을 꼭

잡은 채 입을 맞추고 사랑을

속삭였다. 꼬마 용 둘은 분홍색 하트

콧김들 속에서 사랑에 빠진 비둘기처럼 정답게

소곤거렸다.

잠피는 갑자기 자기가 좋아하는 짝꿍 카를로타가

생각났다. 그러자 주사를 맞아야 하더라도 학교에

가고 싶어졌다.

무엇보다 어려운 일은 룸피룸피를 설득하는

것이었다. 룸피룸피가 고집을 부렸다.

 "넌 내 용이야. 나랑 같이 집으로 돌아가야 해."

 "난 폴리돌리와 함께 여기 있을래!"

 "쓸데없는 소리 마! 폴리돌리한테 자주 우리

집에 오라고 할게. 약속해! 우리도 네가 오고 싶을 때
언제든 여기로 다시 오면 돼!"

잠피가 약속한 뒤에야 둘은 함께 집으로 날아왔다.

잠피는 곧장 침대로 들어갔다. 엄마가 잘 자라고
인사하러 왔을 때 잠피가 말했다.

 "있잖아요, 엄마. 이제 저는 예방 주사 같은
건 하나도 안 무서워요!"

"이거 굉장한 소식인데, 우리 아들! 드디어
주사가 아무것도 아니라고 생각하게 된 거야?"

"룸피룸피가 알려 줬어요. 나중에 입맞춤을

받으려면, 뾰족한 것에 찔리는 것 정도는 참을
만하대요. 룸피룸피가 약혼했거든요!"

 "정말?"

 "폴리돌리라는 진분홍색 꼬마 용이에요.
핀에 찔려 저주에 빠진 룸피룸피를 입맞춤으로
깨워 줬어요. 그러니까 내일 주사를 맞은 다음에
저도 카를로타랑 약혼할래요!"

 "정말이야?"

 "겁내지 않고 주사를 맞으면 뽀뽀해 준다고
카를로타가 약속했어요!"

 "이제 잘 자라는 엄마 뽀뽀는 필요 없니?"

 "아니죠, 엄마. 엄마 뽀뽀도 정말 좋아요!"

엄마는 잠피에게 입을 맞추고 잠피의 머리도 긁어
주었다. 엄마가 손가락으로 부드럽게 긁어 주면,
잠피는 날아갈 듯 기분이 좋아지고 차분해진다.

조금 뒤 잠피는 정말로 잠들어 버렸다.

옮긴이의 말

잠피에게는 룸피룸피라는 파란 꼬마 용 친구가 있습니다. 룸피룸피는 잠피가 간절히 원해서 갖게 된 상상 친구랍니다. 룸피룸피는 잠피의 마음을 누구보다 잘 알고 늘 같은 편이 되어 주는 진짜 친구입니다. 엄마에게 야단을 맞아 심통이 나거나 우울할 때면 룸피룸피가 찾아와 잠피를 위로하고 함께 모험을 하지요.

학교에서 예방 주사를 맞기 전날, 잔뜩 겁에 질린 잠피는 주사 맞기 싫다고 떼를 쓰지만 소용없습니다. 룸피룸피와 함께 도망쳐야겠다고 생각하자, 잠피의 눈앞에 룸피룸피가 나타나지요. 다시는 집으로, 학교로 돌아오지 않겠다며 둘이 함께 떠난 곳은 바늘에 찔리면 영원히 잠드는 저주에 걸린 공주가 있고, 공주를 지키려는 왕자가 사는 세계입니다. 〈잠자는 숲 속의 공주〉 이야기가 떠오른다고요? 다른 점은 공주가 아닌 꼬마 용 룸피룸피가 저주에 빠져 잠들어 버렸다는 것입니다.

주삿바늘이 무서워서 도망친 잠피는 '바늘의 저주'에 걸린 룸피룸피를 구하기 위해 재치와 지혜를 발휘합니다. 덕분에 룸피룸피는 저주에서 벗어나 진분홍색 꼬마 용 폴리돌리와 사랑에 빠지고, 잠피는 룸피룸피를 보면서 깨닫지요. 행복과 사랑을 얻기 위해서라면 잠깐의 아픔쯤이야 견딜 수 있다고요!

마치 자신을 비추는 거울과 같은 상상 친구 룸피룸피와 함께 조금씩 성장해 가는 잠피의 모습은 따뜻한 웃음을 짓게 합니다. 두 친구와 함께 모험을 하며, 여러분도 마음의 힘을 길러 보세요!

이현경

기분에 따라 달라지는 색색 콧김에
차가운 불을 내뿜는 작고 파란 꼬마 용
룸피룸피 책갈피를 모아 보세요!

눈금을 따라 오리세요.

꼬마 용
룸피룸피

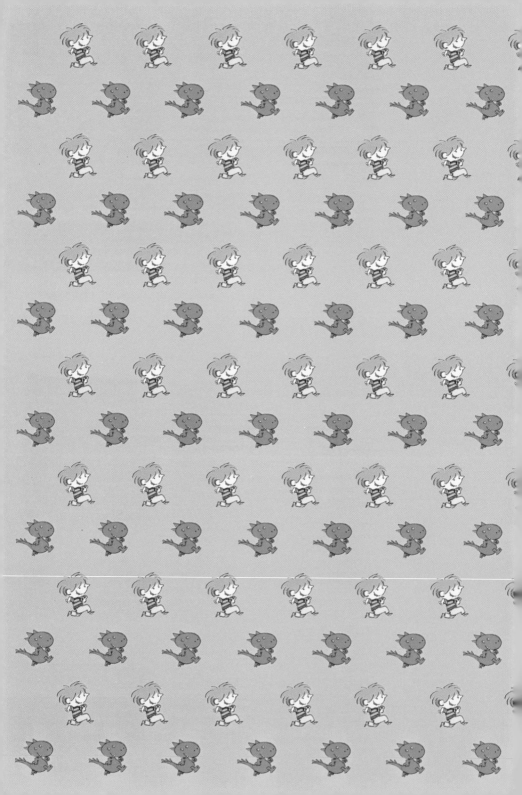